HÁ SEMPRE UM SOL

HÁ SEMPRE UM SOL

GISELDA LAPORTA NICOLELIS

ilustrações
Estelí Meza

Direção-geral: Vicente Tortamano Avanso

Direção editorial: Felipe Ramos Poletti
Supervisão editorial: Gilsandro Vieira Sales
Edição: Paulo Fuzinelli
Assistência editorial: Aline Sá Martins
Auxílio editorial: Marcela Muniz
Supervisão de arte: Andrea Melo
Design gráfico: três design
Supervisão de revisão: Dora Helena Feres
Revisão: Flávia Gonçalves

Dados Internacionais de Catalogação na Publicação (CIP)
(Câmara Brasileira do Livro, SP, Brasil)

Nicolelis, Giselda Laporta
Há sempre um sol / Giselda Laporta Nicolelis;
ilustrações Estelí Meza. -- São Paulo:
Editora do Brasil, 2020. -- (Assunto de família)

ISBN: 978-85-10-08222-8

1. Literatura infantojuvenil I. Meza, Estelí.
II. Título III. Série.

20-35466 CDD-028.5

Índices para catálogo sistemático:

1. Literatura infantojuvenil 028.5
2. Literatura juvenil 028.5

Maria Alice Ferreira - Bibliotecária - CRB-8/7964

1ª edição / 2ª impressão, 2024
Impresso por Forma Certa Gráfica Digital

Avenida das Nações Unidas,12901
Torre Oeste, 20º andar
São Paulo, SP – CEP: 04578-910
www.editoradobrasil.com.br

"[...] provavelmente antes de começar a escrever de fato –, acho que é importante adquirir o hábito de observar detalhadamente os acontecimentos e fenômenos à sua frente. Olhar com cuidado e atenção as pessoas, enfim, tudo à volta. E refletir sobre tudo."

Haruki Murakami, em *Romancista como vocação.*

CAVALOS GALOPAM AO AMANHECER...

"Confia em ti mesmo.
Todo coração vibra conforme essa corda de ferro."

Ralph Waldo Emerson, em *Autoconfiança*.

Meu nome é... não importa o meu nome. Sou mais um garoto que foi incompreendido pelos pais.

Explico. Meus pais são médicos bem-sucedidos – eles queriam que eu fizesse faculdade de Medicina e, de preferência, em universidade pública, gratuita, como eles fizeram.

Eles me matricularam num colégio onde muitos alunos passam no vestibular para se tornarem médicos. Eu nunca quis cursar Medicina – queria ser escritor, como os autores dos livros que eu devorava. Mas meus pais diziam que escritor morre de fome, ainda mais num país onde quase ninguém lê.

Lá, a única coisa que me fazia feliz – ou mais uma que me fazia infeliz – era a paixão que eu sentia por uma garota da minha classe, uma deusa.

Mas quem disse que ela correspondia?

É claro, como aquela deusa iria se importar comigo?

Não fui muito bem aquinhoado fisicamente pela natureza. Não sou bonito e, pior de tudo, tenho espinhas que já tratei de todas as formas possíveis e não deu certo.

E a deusa era maravilhosa, com cabelos longos e uma pele de pêssego, e era a melhor aluna da classe – acham que ela daria sequer uma olhada para um cara como eu? E, ainda por cima, eu era zoado no colégio porque também não sou dado a esporte, e os colegas já me puseram vários apelidos.

Então, por tudo isso, eu me sentia horrível, mal-amado, solitário, abandonado, porque meus pais trabalhavam muito e chegavam tarde em casa e, para piorar, sou filho único.

O incrível é que meu pai é psiquiatra e jamais percebeu meu estado deplorável. Eu tentava pedir ajuda, começar um diálogo, suplicar que não me obrigassem a ser médico, que meu destino era outro, mas eles não tinham tempo nem paciência para me escutar.

Em resumo: eu estava sozinho contra o mundo. E o mundo parecia contra mim.

Se aquela deusa me desse ao menos um sorriso, um alô, um aceno de mão. Mas qual! Ela nem suspeitava que eu existia, adorando-a em silêncio. Imagine se ela, paparicada por todos os colegas, iria reparar em mim?

Até havia outra colega, bonitinha, que acho que queria ficar comigo. Mas eu queria a deusa, se não fosse ela, não servia ninguém.

Meus pais foram chamados várias vezes ao colégio pelos coordenadores porque eu ia mal em várias matérias. Eles me cobravam – afinal pagavam caro por um super colégio. O que eu fazia se apenas precisava estudar? Quantos não dariam tudo para ter a minha chance? Eu nem imaginava o sacrifício que eles próprios fizeram para entrar na universidade pública – e agora, eu, filho único, só lhes dava desgosto?

Eu queria gritar:

– Estou no lugar errado, não consigo acompanhar esse colégio, preciso estudar num lugar que entenda que meu destino é outro, minha sensibilidade é para a escrita!

Tudo em vão.

Em casa, não me entendiam. No colégio, ia de mal a pior.

A garota por quem eu era perdidamente apaixonado nem sequer tomava conhecimento da minha existência. Eu me sentia um pária, alguém perdido dentro da minha solidão, sem alma.

Meu pai imaginava um filho perfeito, que seguiria seus passos. Ele entendia seus pacientes, como não entendia o próprio filho? Ali estava eu, de pé à sua frente, suplicando em silêncio, porque as palavras não vinham: "Me ajuda, pai... me ajuda, mãe... eu não sou isso que vocês pensam, sou um garoto perdido numa nuvem escura... Vocês, a vida inteira, me cobriram de presentes, de tudo que eu pedia, viagens nas férias, de tudo que o dinheiro podia comprar. Mãe, você, que me trouxe em seu ventre por nove meses, será que não dá para olhar dentro dos meus olhos vazios, ver a esperança que tenho de que escute meus gritos calados, entenda minha angústia? Me sinto tão só, tão abandonado".

Tenho escrito muita coisa, mas nunca tive coragem de mostrar nada aos meus pais, que deveriam ser meus melhores amigos. Gostaria de escutá-los dizer: "Isso, filho, siga seu sonho, vamos trocar você de colégio para um que estimule sua aptidão para a escrita." Mas sei que eles não diriam essas palavras que tanto precisava ouvir.

Tudo piorou quando a deusa começou a ficar com o bonitão do colégio, o meu oposto – garoto bonito, atlético e, além disso, com um rosto liso sem espinha e aluno exemplar.

Esse foi o tiro de misericórdia.

Tudo na minha vida dava errado. Eu pensava: "O que vim fazer neste mundo, se ninguém me aceita como sou, nem meus próprios pais, se a garota por quem sou apaixonado agora vive aos beijos com o bonitão que já ficou com várias garotas do colégio?".

Eu não conseguia sentir amor por mim mesmo. Onde estava a minha compaixão, o entendimento, algo que pudesse preencher a minha alma vazia, a minha solidão e acabar com meu sofrimento?

Foi então que percebi que estava mergulhado numa profunda depressão. Era um esforço muito grande acordar toda manhã para ir ao colégio.

Eu não tinha vontade nem de tomar banho. Por mim, ficava o dia todo na cama, sem fazer nada, no quarto às escuras, como urso hibernando ou morcego na caverna.

Mas, era preciso levantar, vestir a roupa e tomar a condução para o colégio. Era só chegar que o rebuliço dos colegas me causava mal-estar. Que motivos teriam para tanta alegria, como se o colégio fosse aventura, passeio no parque, enquanto para mim, era um suplício?

Eles me olhavam como bicho estranho na floresta, um ET. Por que um garoto de família abonada, com direito a tudo que o dinheiro pode oferecer, vivia murcho como flor perdida no deserto à procura de um oásis para aplacar a sede?

Eu afundava cada vez mais no meu poço interior.

Eu, que era um devorador de livros, capaz de ler um volume inteiro numa noite, nem percebendo o tempo passar, agora mal conseguia ler uma página, a ansiedade me deixando aflito e sem atenção, e, pior que isso, não conseguia mais escrever, a coisa que eu mais amava na vida.

Perdido por perdido, eu não vivia, apenas vagava, um passo atrás do outro, andando pelo meu deserto escuro, sem voz sequer para pedir por socorro...

*

Juro que tentava reagir.

Reaja, reaja! Eu suplicava por algum tipo de ajuda, viesse de onde viesse. Mas tudo era silêncio.

Foi então que ideias bestas começaram a aflorar na minha mente sofredora. Eu sabia que eram perigosas, mas não conseguia parar.

O curioso de tudo isso é que meu pai talvez atendesse casos assim no consultório – por dever do ofício, o sigilo jamais seria quebrado e ele nunca comentaria isso em casa. Mas eu sabia que ele já fora convidado

por escolas – onde ocorreram suicídios de jovens – para dar palestras sobre o assunto. Ele se tornara, ironicamente, um especialista nele. Aparecia, inclusive, em entrevistas na TV falando sobre isso.

Mas, curiosamente, na própria casa, ele não conseguia entender o perigo que me rodeava: assim como nesses jogos de vida ou morte, a cada passo que eu dava, perdia a vontade de viver.

Acho que as pessoas, por mais inteligentes que sejam, enxergam o que querem ver, independentemente da realidade. Era isso o que eu pensava sobre meus pais...

Na perspectiva deles, eu era o filho que sempre desejaram ter – perfeito em todos os sentidos, como aquela história da mãe coruja que fez um trato com a águia para que não matasse mais seus filhotes. *Como reconhecer seus filhotes?*, a águia perguntara. *São os mais lindos*, a mãe respondera. Pobre mãe coruja: quando retornou ao ninho, encontrou-o vazio, pois seus anjinhos haviam sido devorados. Eles não eram tão lindos quanto a mãe coruja acreditava.

Eu era um garoto infeliz, depressivo, tentando sair do abismo onde me encontrava sozinho, abandonado, gritando por socorro: "Olhem para mim, vejam como eu sou realmente, um garoto cheio de espinhas, com a voz mudando por causa da idade, uma droga de gente, sem amigos que possam me consolar".

E o bonitão, além de todos os seus atributos, ainda tocava violão e cantava com uma voz maravilhosa nas aulas de Música das quais a deusa também participava.

E quando se despediam, depois da aula, ele ainda gritava:

– Te amo, princesa.

– Também te amo.

Eu, que ouvia de longe os gritos amorosos da dupla, me arrepiava em agonia.

Onde haveria aquele alguém que viria em meu socorro? Eu era um garoto suplicando por abraços solidários, que falassem de amor, de compaixão e solidariedade, não se importando com notas de Matemática, de Ciências, mas sim com o diálogo entre corações abertos e sem preconceitos.

Ah, se eu tivesse alguém assim no meu caminho, alguém que me infundisse confiança, que me convencesse de que a vida vale a pena, de que sempre haverá um amanhecer cheio de esperança, que, se uma porta se fecha, abre-se uma janela – e que, não importa o que aconteça, ela permanecerá aberta por toda a vida.

Onde haveria esse alguém que me faria esquecer a paixão inútil pela deusa que nem sequer sabia que eu existia, que jamais me deu um olhar, que fica maravilhada com o bonitão que talvez nem a ame de verdade, porque já amou – amou? – tantas, que talvez nem saiba o que é o verdadeiro amor. Que já beijou tantos lábios que talvez também não saiba a diferença de beijar os lábios da mulher que verdadeiramente se ama – enquanto ouve o badalar de sinos e sente borboletas no estômago.

Ah, minha deusa, se você soubesse o quanto eu lhe daria de um amor sincero, absoluto, que não teria olhos para mais ninguém.

Por que você julga apenas pela aparência de alguém bonito? Talvez a pessoa tenha a alma fútil porque se sente a última bolacha do pacote.

Se ao menos você olhasse uma única vez à sua volta e encontrasse meus olhos, que a procuram a aula inteira, no recreio, e em todas as oportunidades que tenho de cruzar com você.

E, por causa desse desprezo da sua parte, eu perco até o apetite, me torno irritadiço, emagreço tanto que minhas roupas ficam folgadas como se não fossem minhas. Aliás, eu me sinto cada vez mais diferente, às vezes tenho até um tipo de crise de ausência e o medo me assola... Seria eu apenas um fantasma ambulante?

Mas meus pais não percebem.

Chegam tarde da noite, cansados de um dia inteiro nos seus consultórios ou hospitais, não têm disposição para reparar na minha angústia, na minha perda de peso.

Minha mãe é obstetra, fica de ouvido no toque do telefone – a qualquer hora um bebê pode nascer, e ela precisa sair correndo para fazer o parto. Mesmo que seja parto cesariano, ela fica na expectativa, ainda que não aprove – ela diz que os bebês têm hora certa de nascer por causa dos pulmões; muitos têm problemas por esses partos prematuros.

Meus pais se preocupam com seus pacientes – o que é mérito deles, claro –, mas não têm olhos nem ouvidos para o próprio filho.

Às vezes, eu quero gritar.

O que será que precisava fazer para ter a atenção de meus pais?

Eu queria tanto poder amá-los, me aninhar em seus braços, como quando eu era uma criança inocente, sem medos, nem angústias, que dormia em conchinha com você – lembra, mãe?

Eu sentia seu corpo quente junto ao meu, aspirava o seu perfume, que era para mim um acalanto.

E você, pai, que me levantava em seus braços, que me levava ao jogo de futebol do nosso time favorito, onde torcíamos juntos...

Para onde foi tudo isso...o tempo apagou? Só porque eu cresci?

Por acaso não sou o mesmo filho, apenas porque me tornei adolescente deprimido, sem vergonha de admitir que não tenho mais prazer em viver?

Me acuda, pai! Me socorra, mãe!

Me ajudem, por favor! Vocês não escutam meus gritos calados, não veem meus olhos que suplicam, as lágrimas dentro da minha alma cansada de viver?

Algum dia... talvez até num futuro próximo... vocês se arrependam de não terem sabido interpretar meu silêncio, minha angústia travada – será um exercício de poder sentir o sofrimento de vocês, o remorso de não terem percebido meus gritos de ajuda...

Talvez... talvez... talvez...

Por enquanto, apenas me debatia contra mim mesmo.

Eu era um ser ambulante, que não conseguia mais ler, não conseguia mais escrever, que não conseguia ter uma noite de sono normal, apenas pesadelos, uma ansiedade que me punha em movimento... como pêndulo de relógio que não consegue parar.

Viver se tornou para mim uma carga, um peso grande do qual não conseguia me livrar.

Nenhum prazer me invadia nessa treva que se tornara minha existência.

Procurava socorro e não encontrava.

Procurava ajuda e não achava.

Dentro de mim havia apenas vazio.

Onde fora parar a minha alma?

Onde poderia me esconder da vida?

Onde haveria luz na minha escuridão?

Haveria uma forma de acabar com tanto sofrimento?

Tudo que eu amava fazer não existia mais – não lia, não escrevia e, claro, não estudava, porque detestava o colégio e sofria com o desprezo dos meus colegas. Parecia que sentiam prazer em me humilhar e se divertiam com isso, como se fosse um esporte, uma nova brincadeira.

Até mesmo a deusa entrava nisso, sorrindo de longe quando me via achincalhado pelos colegas; apoiava, mesmo sem falar, o bonitão quando ele entrava no grupo que me humilhava, sem coragem de dizer:

– Parem com isso.

Eu já nem ligava mais quando isso acontecia, minha alma enrijecera, estava tão empedernida quanto uma parede de pedra, eles podiam dizer os maiores insultos.

Estava no limite.

*

Em casa, desde que me conheço por gente, nunca se censurou nada: livros, filmes e até mesmo o uso da internet.

Para mim, se de um lado foi maravilhoso, porque eu lia tudo que me interessava, assistia a todos os filmes que queria, por outro lado, eu entrava em *sites* para me corresponder com pessoas desconhecidas sem pensar em quem realmente eram... o que, na realidade, representava até um perigo.

Sou cinéfilo de carteirinha.

Tenho dezenas de filmes. Os que eu mais gosto de assistir são os antigos, de faroeste, como aquele *No tempo das diligências*.

Nesses filmes, tanto vilões quanto mocinhos saem a galope, como perseguidores ou perseguidos, xerifes, caçadores de recompensa e bandidos...

Os cavalos são a grande pedida.

Então eu pensava: como gostaria de ser um cavalo selvagem, galopando ao amanhecer pelas colinas, crina ao vento – livre!

Ninguém me alcançaria, ninguém me domaria.

Eu seria dono do meu próprio destino, nada no meu caminho de liberdade absoluta.

À noite, sob a luz das estrelas, eu escutaria o barulho do vento ou receberia gotas de chuva que me aliviassem o calor.

E, ao amanhecer, lá estaria eu novamente a galope, longe dos homens que me tirariam a liberdade, obrigando-me a puxar carruagens ou arados, porque eu não fui feito para isso, nasceria e viveria por conta própria, longe de todos que me pusessem arreios ou usassem chicotes em meu lombo.

Mas, infelizmente, nasci humano, entre iguais que tentam me domar de alguma forma com insultos, obrigações, um mapa que tenho de seguir, como cavalo de carruagem, muitas vezes atacada por bandidos armados em busca da arca de tesouros...

Até quando poderei suportar tudo isso, não sei.

Tenho medo de que chegue o dia em que, por impulso, em desespero, eu não suporte mais e resolva acabar com o meu sofrimento.

Olho em volta, no colégio, na rua, no ônibus... Será que entre tantos jovens, ou mesmo adultos, haverá outros como eu, achando a vida um fardo? E quantos, não aguentando mais, irão tirar a própria vida, num ato de desespero, para terminar o sofrimento?

*

Depois de mais uma noite sem dormir, cheguei ao colégio, como sempre, no maior desânimo.

No pátio, dei com a deusa em prantos.

Abismado, eu, num impulso, quis saber o que havia acontecido.

Outros colegas nem tomavam conhecimento da situação.

Apenas uma das garotas me disse:

– Ela está assim porque pegou o bonitão aos beijos com outra. É bem o estilo dele, fica cada vez com uma. E ela pensou que fosse a única.

Era esperado, eu sabia que qualquer dia isso iria acontecer. Justo com a deusa, que estava tão feliz.

Se ao menos eu pudesse consolá-la.

Criei coragem e desabafei para ela:

– Ele não merece isso.

Pela primeira vez desde que eu entrara no colégio e estava na mesma classe, ela se virou para mim, o rosto ainda molhado, e realmente me viu.

– Acho que nunca conversamos antes, não é?

– Somos da mesma classe – respondi, não querendo acreditar que ela estava falando comigo.

– Eu sei... Obrigada por me consolar. Estou me sentindo um lixo.

Eu quase gritei:

– Lixo é aquele idiota que a trocou por outra qualquer. Aliás, é só o que ele sabe fazer, para manter a autoestima que ele pensa que tem.

– Puxa, você matou a charada – ela enxugou as lágrimas. – Acho que ele precisa trocar de menina só para provar que é o tal. Foi até bom que ele fizesse isso comigo para eu deixar de ser idiota.

– Você não é idiota. Você é apenas uma pessoa romântica que acredita no amor.

– E você sabe o que é o amor?

Só não desmaiei de emoção porque estava sentado ao lado dela.

Engoli seco, tomei fôlego e respondi:

– Não sei. Mas vejo você e até me animo de vir para o colégio, para estar perto de você. Os outros só me tratam mal, pegam no meu pé, me põem apelidos... – segurei a respiração, com medo da resposta dela.

– Que horror! Diga que eu nunca tomei parte nisso. Achei que tudo fosse brincadeira, que você não levasse a sério.

– Você nunca sofreu *bullying*, por isso não imagina o quanto isso dói. Acaba com a gente.

– Por que você não contou aos seus pais, por que não denunciou ao colégio?

– Porque eu ando na maior depressão. Nada mais me atinge.

– Pera aí, eu sei que seu pai é psiquiatra, como é que ele não trata a sua depressão?

– Não tenho diálogo nem com ele nem com minha mãe. As pessoas só enxergam o que querem ver.

– Pois agora você pode contar comigo. E se escutar alguém maltratando você, eu mesma vou denunciar para a diretoria.

A deusa me deu um abraço, e eu quase desmaiei de emoção.

Pela primeira vez, me senti pelo menos um pouco animado para ir às aulas.

*

Eu e a deusa conversávamos bastante no recreio.

Mas a coisa ficou pior para o meu lado. Os que me gozavam acharam uma nova maneira de me maltratar.

– Olha o coitado, como está feliz, só porque recebe atenção da garota.

Mas agora eu tirava de letra esses comentários. Já bastava que a deusa se tornara minha amiga.

Tanto que cumpriu a palavra: foi à diretoria do colégio e denunciou o *bullying* que faziam comigo.

Os garotos foram suspensos por alguns dias e isso provocou ainda mais ódio contra mim e contra a deusa.

Mas ela se revelou uma mulher de atitude, não se deixou intimidar.

Mesmo os garotos voltando da suspensão, ela os enfrentava com o olhar e continuava minha amiga.

O dia em que meus pais foram chamados ao colégio, por causa de minhas notas baixas, que continuavam me dando recuperação em várias matérias, ela, sem me consultar, perguntou se eles tinham conhecimento do *bullying* que eu sofria por parte de alguns colegas maldosos, a ponto de eles terem sido suspensos.

– Você está exagerando. Ele só precisa estudar um pouco mais – não acreditaram que algo assim pudesse acontecer com o filho deles. – Ele não vai bem em algumas matérias, mas ser zoado pelos colegas, isso é impossível.

– Ele é um garoto triste – disse a deusa. – É uma tristeza que basta olhar nos seus olhos para a gente perceber. Eu achava que você, como psiquiatra, já teria percebido isso, acho que ele tem depressão. Minha mãe tem depressão, mas se trata com um psiquiatra, toma remédios e está bem melhor.

Ela me contou depois que meu pai não gostou do que ela disse.

E minha mãe foi até ríspida.

– Sabemos cuidar de nosso filho – disse.

E saíram sem se despedir.

Foi então que percebi que nada convenceria meus pais do meu estado.

Até a deusa tentara e fora em vão.

Era preciso um choque muito grande para eles perceberem que, mesmo com a amizade da deusa, a minha situação não melhorara.

– Por favor, não faça nenhuma besteira – pediu a deusa, preocupada.

Eu me olhava no espelho e apenas via uma caricatura de gente: olhos sem brilho, lábios que não sabiam mais sorrir... Apesar da amizade da deusa, eu era um morto-vivo. Um fantasma ambulante. Bastava cair.

*

De repente, uma luz – como aurora boreal – me iluminou!

Dei um pulo da cadeira onde estava largado sem vontade de viver, sentindo animação pela primeira vez em meses.

Meu pai era psiquiatra – mas não era o ÚNICO. Haveria outro que poderia me ajudar.

Por sorte, meus pais me davam uma mesada compatível com quaisquer gastos que eu poderia ter com roupas, tênis, condução. Nesse ponto, eles eram bastante razoáveis – dinheiro não faltava para agradar seu único filho.

Não via a hora de chegar ao colégio e pedir o telefone do psiquiatra que tratava a mãe da deusa.

– Até que enfim você tomou uma atitude – disse a deusa, parecendo feliz com a minha decisão e o meu quase ânimo.

Telefonei para marcar consulta.

A secretária disse que, se eu fosse menor de idade, meus pais deveriam comparecer ao consultório para darem autorização ao psiquiatra para me atender.

Por sorte, eu acabara de completar 18 anos.

Ela marcou a consulta e pediu que eu trouxesse uma identidade.

Quando o psiquiatra me recebeu, ele comentou:

– Você tem o nome de um psiquiatra conhecido...

– É meu pai – completei.

– Ele é um psiquiatra famoso. Posso saber por que ele não...

– O senhor conhece a fábula da coruja e da águia?

Ele suspirou fundo:

– E como. Sei de casos terríveis em que os pais acham seus filhos perfeitos e não enxergam a verdade. De qualquer forma – ele continuou – é melhor você se consultar com um profissional que não é da família para ter a liberdade de se abrir.

– Foi o que eu pensei, doutor. Então pedi para minha colega de colégio o seu telefone, pois ela o recomendou muito.

– Pois fique à vontade. Como médico, tudo que eu ouvir aqui ficará entre nós.

Senti um alívio tão grande ao perceber que alguém, finalmente, poderia me ouvir, que meus olhos se encheram de lágrimas...

– Chore, desabafe, não tenha vergonha de mostrar seus sentimentos.

– Ah, doutor, se o senhor soubesse como me sinto: não tenho mais ânimo de viver, até pensei em suicídio...

– E como faria isso? – ele nem piscou.

– Eu imaginava invadir o consultório do meu pai, filar umas cartelas que ele recebe de antidepressivos e tomar todos eles quando meus pais estivessem chegando em casa... – por um segundo, fiquei com vergonha de revelar meus pensamentos.

– E de que adiantaria isso? Você não estaria presente. Sem chance de exercer sua vingança, não é mesmo?

– Não... mas são só pensamentos.

– Já chegou perto de fazer alguma coisa?

– NÃO! – gritei. – Se quisesse, não estaria aqui, ainda mais que a garota que eu amo agora se tornou pelo menos minha amiga, apesar de eu ter baixa autoestima, além de sofrer *bullying* no colégio. Não sei como as pessoas podem ser tão cruéis.

Ele ficou pensativo:

– Depois de tanto tempo como psiquiatra, eu ainda me surpreendo com a sordidez humana, com a maneira que as pessoas machucam umas às outras, sem parar para pensar no mal que estão fazendo.

– Por favor, doutor, me ajude – supliquei. – Eu quero ser escritor um dia. Eu não quero mais viver nesse buraco. Quero dizer tudo isso aos meus pais, que me obrigam a cursar Medicina, pois dizem que escritor neste país morre de fome.

– Pois vou lhe contar um segredo. Também sou escritor.

Arregalei os olhos. Como isso não tinha me ocorrido?

– E o senhor escreve muito?

– Tenho vários livros publicados, muitos deles sobre minha especialidade. Mas escrevo romances, contos, até poesia... Eu adoro escrever. Às vezes, passo a madrugada escrevendo... porque a escrita me dá um prazer que enche a minha alma. Ainda mais agora que me firmei na profissão de médico e sou independente financeiramente.

– Eu nunca imaginei uma coisa dessas...

– Pois há escritores famosos que são médicos também.

– Incrível! Vai ver que os autores que eu lia talvez fossem médicos, e eu nem desconfiava.

– Por que "lia"? Não lê mais?

– Nem leio nem escrevo.

– Um passo de cada vez. Vamos tirá-lo desse poço, meu rapaz. Vou lhe dar uma receita de antidepressivo. Mas aviso: demora umas três semanas para começar a fazer efeito. E, talvez, vamos precisar testar mais de um antes de acharmos o certo, *ok*? É preciso ter paciência, mas quando você perceber, estará saindo aos poucos da depressão e enxergará a vida com outro olhar...

– Além disso – ele continuou – apenas medicamentos não resolvem. É preciso que você complemente o tratamento com psicoterapia, que é essencial. Por isso, vou lhe indicar três psicoterapeutas. Na realidade, o primeiro da lista, porque acho que ele é o melhor para o seu caso. E vamos começar imediatamente. Sem medo de se abrir com seu terapeuta ou comigo. Todos os seus segredos estarão a salvo. Quero vê-lo de novo daqui a um mês. A vida é boa, as pedras no caminho podem ser lapidadas. Ninguém está blindado contra a depressão e famílias negligentes existem em toda parte. Você já ouviu falar em resiliência?

– Claro... Mas por quê?

– Porque as pessoas podem aprender a lidar com a dor, com as adversidades, criando projetos de vida, tendo esperança de que tudo melhore, que, mesmo gritando por afeto, elas um dia o terão de amigos, e portas se abrirão pelo caminho. Nada disso é fácil, admito. Quando alguém entra em depressão, muitas vezes as pessoas à sua volta acham que, insistindo em distraí-la, melhoram seu estado; isso porque desconhecem a realidade. Depressão precisa de tratamento, e por um bom tempo, até que o doente possa melhorar. Você tem amigos?

– Não tenho amigos, apenas uma amiga. Eu me acho feio, desprezível, porque não consigo curar nem a maldita acne, porque o remédio que eu estava usando me deu alergia...

– As pessoas não são apenas aparência, garoto. São muito mais que isso. Muitas têm defeitos físicos, às vezes congênitos, quer dizer, de nascença; outros, por causa de acidentes; adolescentes têm acne não apenas no rosto mas nas costas; e por aí vai. Isso não torna essas pessoas menos ou piores.

– Você pensa assim, mas a maioria não. Nem imagina o que é ser xingado, ridicularizado, tratado que nem lixo...

– Você está deprimido. Quero ver você voltar a ter autoestima, enfrentar seus demônios, olhar de frente para os que não lhe valorizam. Valentões geralmente precisam diminuir os outros para se sentir melhor.

Saí do consultório e passei na farmácia para comprar o remédio.

Eu teria de esperar de duas a três semanas para ele começar a fazer efeito e isso também me assustava. Parecia tanto tempo. Mas o que era esse tempo para quem vivia no inferno?

Precisava pedir mais dinheiro aos meus pais para voltar ao consultório.

Isso não seria problema.

Cheguei em casa e tomei o primeiro comprimido.

Agora era ter esperança de que o remédio fizesse efeito.

Os dias foram passando e a deusa me consolava:

– Tenha paciência. Minha mãe também sofreu essas semanas antes que o remédio fizesse efeito.

– E como ela está?

– Bem melhor, inclusive porque ela também se consulta com uma psicóloga uma vez por semana.

– Já é um sufoco pagar o psiquiatra, imagine se eu poderia pagar um psicólogo sem que meus pais soubessem e me dessem mais dinheiro.

– Seus pais não têm seguro de saúde?

– O melhor deles.

Ela sorriu.

– Então, você pode usar um psicólogo desse seguro. E quem não tem seguro de saúde pode se tratar em universidades, onde há estudantes de Psicologia que atendem gratuitamente.

– Nossa, você é um anjo na minha vida. Vou consultar o livreto do seguro, deve ter psicólogos também.

– Eu sei tudo isso porque tenho uma conhecida que se trata numa universidade de forma gratuita.

*

De alguma forma, o tempo passou...

O médico havia me avisado dos possíveis efeitos colaterais do remédio, como tremores, enjoos, insônia. O doutor já tinha me tranquilizado, me dando várias dicas para lidar com os efeitos enquanto meu corpo se acostumava com a medicação. Suportei o enjoo, tomando mais água para a boca não ficar seca e aguentei firme.

As semanas transcorreram...

E voltei depois de um mês ao consultório do psiquiatra.

Ele perguntou:

– Como está se sentindo?

– Me sinto mal ainda, mas sinto que vou melhorando aos poucos – respondi. – E o que está me ajudando bastante é a terapia. Nunca imaginei que acompanhamento por profissionais me ajudasse tanto a retomar a minha vontade de viver.

Um certo dia, eu comecei a pensar que, assim como não existia apenas uma garota no mundo... outras garotas poderiam retribuir meu amor e me aceitar como eu era.

Então comecei a reparar naquela garota dando sinais de que gostaria de ficar comigo.

Não era tão bonita quanto a deusa, mas era simpática, me olhava de forma amorosa, sorria com os olhos como se dissesse:

– Será que você não percebe o quanto gosto de você?

Aos poucos, fui me aproximando dela.

Na hora do intervalo, puxava conversa e descobri que ela era sensível, amável e ficaria comigo do jeito que eu era.

Então, criei coragem e disse:

– Quer ficar comigo?

– Puxa, como você demorou em pedir – ela riu. – Tanto tempo eu dando sinais de que gostaria de ficar com você e nada.

– Acho que eu estava de olhos fechados.

– Também, você só tinha olhos para aquela sua colega de classe...

– Isso acabou. Agora quero ficar é com você.

– Mesmo eu não sendo tão bonita quanto ela?

– E eu sou perfeito, por acaso? E você não gosta de mim? Pois eu estou encantado com você, pode crer.

– Eu nunca fiquei com ninguém aqui no colégio, sabe por quê? Porque

a maioria dos garotos é machista, eles ficam com umas e outras e saem contando quantas beijaram por aí... Você é diferente, é tímido, calado. Eu adoro garoto assim, por isso tento conquistá-lo há muito tempo.

Eu não podia acreditar no que ouvia. Então eu, que me julgava feio, mal-amado, desprezado pelos colegas, que demorara tanto para sequer falar com a deusa e só conseguira que ela fosse minha amiga depois que o bonitão a trocou por outra... agora tinha na minha frente uma garota que me elogiava e dizia que eu era melhor do que aqueles machistas.

Fiquei tão feliz que perguntei novamente:

– Você quer ficar comigo? Tem certeza?

– Deixa de bobagem, é claro que quero ficar com você. E já vou avisando: sou ciumenta. Que ninguém venha se pôr no meu caminho que meu signo é Escorpião e eu parto para a...

Nem deixei que ela terminasse a frase.

Dei um beijo nela, ali na frente de todo mundo – e os sinos tocaram com toda a força e as borboletas no meu estômago quase me sufocaram.

Os colegas gritaram.

Eu até esqueci que muitos dos que me aplaudiam eram os que me tratavam mal. As palavras deles não me atingiam mais.

Nada mais importava.

O remédio fazia efeito e aos poucos eu saía da depressão. Tinha uma terapeuta maravilhosa com quem eu me abria uma vez por semana e realmente comecei a viver.

Voltei a ler meus livros e, se agora passo a noite em claro, é porque o livro é muito bom e eu não consigo parar! Voltei até a escrever.

Continuo tomando minha medicação. Não quero nunca mais cair em depressão, que é como morte em vida.

Também continuo com a minha terapeuta e isso me faz muito bem.

Não penso mais em suicídio, nem em me vingar dos meus pais por não me enxergarem de verdade. Às vezes, quando ouço sobre um jovem que se suicidou, penso que poderia ter sido eu.

Será que sofria de depressão? Provavelmente sofria *bullying* como eu. Talvez não aguentou o ritmo de estudo. Ou vivia em uma família desestruturada. Ou usava drogas. São tantos os motivos que podem levar alguém ao desespero total...

Acabei ficando numa boa com meus pais. Disse a eles que não seria médico de jeito nenhum. Que meu caminho era outro; eu queria ser jornalista e escritor. Eles não gostaram de escutar isso, mas acabaram aceitando minha decisão. Afinal, eu já era maior de idade e podia fazer o que quisesse da minha vida. Tirar isso do peito foi um alívio enorme para mim.

E aproveitei e contei que há meses me tratava com um psiquiatra que me fora indicado por uma colega. Também disse que ia toda semana a uma terapeuta, pelo seguro-saúde da família.

Quando confessei tudo isso, meus pais levaram um susto. Ainda lembro o rosto deles, mas, afinal, chegamos a um acordo.

O melhor de tudo foi quando meu pai soube o nome do psiquiatra – ele disse que eu estava em boas mãos; ele conhecia o doutor de congressos médicos. E eram bons colegas.

Como diz o ditado: "Tudo vai bem, quando acaba bem."

Mas nunca esqueço o quão perto eu cheguei de querer me destruir.

E depois de tudo que passei, gosto de lembrar que a vida é boa e, mesmo nos piores momentos, há esperança.

Porque agora eu me tornei outra pessoa. Primeiro, porque tomei a melhor decisão: me consultar com um psiquiatra para ser medicado contra minha depressão.

Depois, porque passei a frequentar a terapia semanalmente, em que eu posso desabafar, contando todos os meus temores, sonhos, dúvidas, sabendo que ali ficam em segredo.

Foi assim que aprendi a ter resiliência.

RESILIÊNCIA É SER UM CAVALO SELVAGEM GALOPANDO AO AMANHECER PELAS COLINAS, CRINA AO VENTO...

ESTRANHA NO MEU NINHO

"O meu olhar é nítido como um girassol.
Tenho o costume de andar pelas estradas
Olhando para a direita e para a esquerda,
E de vez em quando olhando para trás...
[...]
Sinto-me nascido a cada momento
Para a eterna novidade do mundo..."

Alberto Caeiro (Fernando Pessoa), em *O guardador de rebanhos*.

Moro na periferia de uma grande cidade.

Minha casa, com dois quartos, abrigava meus pais, eu, que na época tinha 14 anos, e meus dois irmãos menores.

Minha mãe era empregada doméstica. Acordava às quatro e meia da manhã pra tomar o ônibus – depois de duas horas, chegava ao trabalho num bairro da Zona Sul. Na volta, encarava outras duas horas de trajeto para casa. Chegava tão cansada e ainda tinha de preparar a janta, que também seria a marmita do dia seguinte para meu pai e ela.

Como irmã mais velha, eu cuidava dos meus irmãos.

Adiantava o jantar para eles comerem; levava-os e trazia da escola; ajudava nas lições e os punha para dormir. Eu era um tipo de mãe substituta.

Eu adorava meu pai. Moreno, alto, de ombros largos, aos meus olhos, era o homem mais bonito do mundo e seu abraço era de urso. Sempre foi carinhoso com os filhos. Ele trabalhava como operário em construção e eu adorava vê-lo chegar do serviço, para correr para seus braços fortes e acolhedores.

Sempre fui agarrada ao meu pai. Minha mãe até brincava: "Seu pai não é só seu; é meu e de seus irmãos também".

Quando o ramo da construção teve uma queda, ele perdeu o emprego.

Foi então que ele começou a beber e chegar em casa embriagado. A mudança começou aos poucos, e eu pensei que era uma tristeza passageira. Mas, infelizmente, isso foi piorando, e ele se tornou grosseiro e violento. As coisas ficaram tão ruins que eu comecei a me pôr entre meu pai e meus irmãos, com medo de que a violência fosse se tornar brutalmente física. Minha mãe se cansou daquilo e não demorou muito para decidir se separar dele.

A separação de meus pais me causou um profundo desgosto. Eu me sentia vazia, abandonada por quem devia me proteger. Meu pai deixou todos os cuidados dos filhos nas costas da minha mãe – sem emprego, nem poderia pagar pensão.

Mesmo assim, meu pai tinha direito de, a cada 15 dias, os filhos passarem o fim de semana com ele.

Minha mãe ficava muito aflita nessas visitas, com receio de que ele bebesse e nos maltratasse. Ela sempre alertava: "Se seu pai começar a beber e ficar violento, me liga no celular, que eu vou buscar vocês".

Ele procurava não beber, mas eu sentia sempre uma sensação de medo, tanto por mim como por meus irmãos.

E ainda tinha todo o trabalho de fazer mala, levando o indispensável para o fim de semana.

A sua presença me lembrava os tempos felizes do aconchego paterno diário, quando eu o esperava voltar do trabalho e corria para os seus braços. Eu ainda o amava. Claro que amava. E esse conflito todo, de medo e amor ao mesmo tempo, me deixava cada vez mais perturbada.

Na véspera, eu já começava a ficar ansiosa para ver meu pai. Me dava uma sensação de vazio, uma aflição, como se eu fosse para uma floresta onde teria de enfrentar perigos inimagináveis. Ao mesmo tempo, eu morria de saudades dele, queria ser estreitada em seus braços fortes, como se ele fosse um urso cuidando da cria.

De novo e de novo, eu sentia o medo e o amor me puxando para lados opostos, como se eu fosse a corda de um cabo de guerra. Esses sentimentos conflitantes faziam da minha cabeça um redemoinho de emoções.

Na escola, havia todo tipo de colega.

Alguns nem conheciam o pai. Quando suas mães engravidaram, muitas bem jovens, os namorados ou companheiros sumiram ao saber disso.

Houve até um caso, que li numa revista, de uma menor de idade que engravidou de um namorado mais velho. O juiz determinou que o rapaz deveria se casar com ela ou seria preso por estupro de vulnerável.

Claro que o rapaz se casou.

A família da moça preparou uma casa às pressas. Teve até festa, mas quando chegaram à casa, o rapaz entrou pela porta da frente, saiu pela porta do fundo e nunca mais foi visto em parte alguma.

A garota ficou sozinha com o filho e nem podia se divorciar porque jamais soube do paradeiro dele. Coisa mais surrealista.

Acho que foi a partir da separação dos meus pais que eu comecei a desenvolver estranhos sintomas.

Primeiro, foi a sensação de vazio, de abandono. Depois, uma necessidade visceral de ter sempre alguém por perto, como apoio constante. Não suportava ficar sozinha nem por um instante. Era como se eu estivesse perdida numa floresta e animais selvagens pudessem me atacar.

Claro que isso não era possível.

Na época, eu me apaixonei perdidamente por um colega de escola, garoto bonito e educado, que nem gostava de álcool, o que me atraiu ainda mais.

Cobrava dele uma presença constante. Ele era tudo para mim. Não conseguia nem pensar em ele olhar para outra garota. Eu o transformei no meu herói, alguém perfeito. Ele queria ser médico e eu logo disse

que também estudaria Medicina. O que ele quisesse ser, eu seria como uma cópia dele.

A coisa chegou a um ponto que ele não aguentou – disse que meu amor era sufocante, ele não podia olhar ou conversar com nenhum colega que eu já dava escândalo, tinha ataques de raiva de um momento para o outro. Era como se eu fosse dona dele. Mas era assim mesmo que eu me sentia, ele me pertencia.

E, quando, finalmente, ele me abandonou, eu quis morrer. Meu desespero foi tão grande... não suportava me sentir sozinha. Eu precisava de alguém ao meu lado o tempo todo, como se eu estivesse me afogando e esse alguém fosse um salva-vidas.

Então, para aplacar a minha ansiedade, eu me machucava, me feria de várias formas. Tinha até que usar mangas compridas no verão para esconder esses ferimentos.

Com outros namorados que tive depois foi a mesma coisa, isso porque desenvolvi uma compulsão muito grande. De repente, me apaixonava perdidamente e, por qualquer motivo, ao me sentir rejeitada, eu o expulsava da minha vida ou era abandonada.

Isso valia não apenas para namorados como também para amigos. Eu me agarrava a eles, desesperadamente. E quando eles demoravam para vir ao meu encontro, ou também cansavam da presença que eu exigia deles o tempo todo, então passava a odiá-los ou tinha ataques de raiva, atirando coisas, gritando, deixando minha mãe e meus irmãos apavorados.

*

Certo dia, em que eu passava o fim de semana na casa do meu pai, ele veio com uma conversa esquisita.

Eu já vinha notando que ele não bebia mais, e ele disse que estava frequentando os Alcoólicos Anônimos fazia algum tempo. E que também conseguira um emprego porque as empresas de construção estavam novamente a pleno vapor.

Eu fiquei muito entusiasmada com essas notícias. Mas foi por um instante apenas, porque, em seguida, ele jogou água na fervura: disse que conhecera uma moça também divorciada, com duas filhas, e que eles estavam namorando.

Na hora, eu senti um ciúme brutal do meu pai. Explodi como se estivesse numa montanha-russa descontrolada.

Tive um ataque de fúria tão grande que comecei a gritar:

– Não basta você ter abandonado a minha mãe com os filhos, agora vai cuidar das filhas dos outros?!

Ao mesmo tempo que berrava, eu jogava tudo que estava à minha volta no chão – meus irmãos, coitados, apavorados, se trancaram no banheiro.

Meu pai me sacudia e gritava:

– Para com isso! Eu não abandonei sua mãe, foi ela quem quis a separação. Eu me perdi na bebida, é verdade, mas agora me achei de novo. E eu sempre amei vocês, e sempre vou amar, mas ainda sou jovem e não mereço passar minha vida sozinho. Tenho direito de ter novamente uma família, uma vida!

– Você nos largou, sim. Se você se juntar com essa mulher, eu não quero ver sua cara nunca mais.

– Filha, por favor! Pense um pouco no que você está dizendo. Por que está se comportando assim?

Arrumei a mala o mais rápido que pude e pedi para minha mãe vir nos buscar. Demorou, porque ela vinha de ônibus.

Só faltava, um dia, eu dar com a tal moça e suas filhas – era quase como se eu fosse a Cinderela daquele conto de fadas, tendo de conviver com a madrasta e suas filhas; sorte que, pelo menos, minha mãe estava viva.

E a tal madrasta devia ser mais jovem que a minha mãe, uma mulher que sempre deu duro no trabalho e se esforçou para nos dar o melhor. Nesse dia, enquanto voltávamos para casa, eu contei para ela que meu pai estava namorando uma mulher também divorciada com duas filhas.

Para meu espanto, ela não se assustou:

– Seu pai é um homem livre, tem o direito de reconstruir a vida. E se fosse eu que arranjasse um novo marido?

– Você também pretende me abandonar? Quer que eu morra?

Antes que eu começasse a ter um novo ataque de raiva, ela completou:

– Calma, não tenho a menor intenção de dar um padrasto para você e seus irmãos. Já chega o que passei com seu pai.

*

Foi então, quando a angústia e o sentimento de abandono chegaram ao ápice, que comecei a pensar em como seria tão mais fácil se tudo isso

acabasse. Esses pensamentos tomaram forma e, sem pensar muito no assunto, me vi tomando doses de várias medicações, às vezes engolindo cartelas inteiras. Era algo obsessivo. Eu não conseguia parar.

Chegando exausta do trabalho, minha mãe me encontrou várias vezes desacordada no chão, pálida e imóvel.

Desesperada, ela me levava ao pronto-socorro e, por sorte, os médicos conseguiam reverter a situação e me trazer novamente à vida. Eu não saberia dizer se me sentia aliviada ou brava com isso.

A coisa tornou-se tão comum que já me reconheciam quando dava entrada na emergência.

Um médico, um dia, perdendo a paciência comigo, fez a pergunta-chave:

– Escute aqui, garota, você quer mesmo morrer ou faz isso só pra chamar a atenção?

Olhei para o médico à minha frente. Ele matara a charada do que era a minha vida. Até ele falar essas palavras, eu nunca tinha percebido o que eu estava fazendo. Não soube o que dizer e ele, percebendo, continuou num tom mais suave:

– Sempre ingere alguma coisa no horário que a sua mãe chega do trabalho. Já parou para pensar por quê? O que está acontecendo com você? Você sente alguma coisa que a faz agir dessa forma? Pode se abrir comigo.

Criei coragem e desabafei. O que eu tinha a perder?

– Meu pai enquanto tinha emprego era bom marido e pai carinhoso. Ao perder o emprego, começou a beber e se tornar violento. Minha mãe não aguentou e se separou dele. A partir daí, eu comecei a me sentir vazia, desamparada, a me agarrar a qualquer pessoa, namorados ou amigos, desesperadamente. E quando também me largam sozinha, o que eu não suporto, tenho ataques de raiva horríveis que afastam ainda mais as pessoas.

– Eu sei o que é isso... sou psiquiatra. Estou fazendo minha tese de doutorado. Como você está sempre por aqui, isso chamou a atenção da enfermeira-chefe, que é minha amiga; ela me alertou para que eu viesse conhecê-la, porque achou que pudéssemos ajudar um ao outro... Você, para melhorar a minha tese e eu, para cuidar de você.

– E sobre o que é a sua tese, doutor?

– É sobre Transtorno de Personalidade Borderline. Ele já foi confundido com transtorno bipolar, mas há diferença. Quem é bipolar sofre uns tempos de depressão, mas depois entra num processo de euforia e faz tudo no exagero, tem aumento da libido. Já o Transtorno de Personalidade Borderline, ao contrário, traz mudanças súbitas de humor, da euforia à extrema tristeza se a pessoa for contrariada, ou se achar que foi abandonada ou traída, tem ataques terríveis de raiva. Grandes atores e atrizes sofrem desse transtorno, por isso encarnam visceralmente os papéis que vão representar. Pessoas criativas também. Isso não tem cura, mas pode ser controlado com terapia e tratamento adequado. Você, na verdade, não quer morrer, quer?

– Na verdade, não. Mas a minha vida é um inferno. Eu mudo de humor num mesmo dia; basta sentir que estou sozinha, que me abandonaram. Por isso até gosto de vir para o hospital; aqui me sinto cuidada, protegida. Se eu pudesse, não sairia mais daqui.

– Acontece que você toma lugar de outra pessoa que pode estar precisando de cuidados também e machuca muito as pessoas que te amam. Sem falar que você passa por procedimentos dolorosos, porque ingere um monte de porcaria. Vai que qualquer dia você toma alguma coisa e, por demorarem para te acudir, você morre mesmo?

– Mesmo assim, doutor, eu acho que vale a pena.

– Morrer tão jovem, uma moça bonita como você, com tanta coisa para fazer no futuro. Você estuda? Em que ano você está?

– Me formo ainda este ano. Se o senhor soubesse o sacrifício que minha mãe sempre fez para que eu estudasse, mesmo em escola pública, para pagar condução...

– Você vê como tem pessoas que te amam... que fazem tudo por você? Olha, eu vou fazer umas perguntas para você. Me responda com sinceridade, *ok*? – balancei a cabeça que sim. – Você sofreu algum abuso sexual na infância?

– Não, nunca. Deus me livre disso.

– E abuso físico?

– Sim... Como eu já disse, meu pai quando bebia ficava violento, agredia minha mãe, eu e os meus irmãos. Mas, quando não bebia era um pai carinhoso e eu sempre o adorei.

– Você está namorando?

– Não... acho que os garotos me julgam louca. Eles comentam entre eles, porque o meu primeiro namorado deve ter feito a cabeça deles, dizendo que eu o sufocava. Mas outros namorados que eu tive fora da escola também me abandonaram.

– E quanto aos professores? Qual é a atitude deles em relação a você?

– Eles ficam na deles, eu sinto que têm um pouco de receio de mexer comigo. Vai que eu tenha algum acesso de raiva na sala.

– Mas isso já aconteceu?

– Já. Um colega mexeu comigo, dizendo: "Olha a louca da escola, não mexam com ela, que ela dá chilique".

– E o que você fez?

– Eu fiquei com tanta raiva que atirei meus cadernos e livros nele. Precisaram chamar o segurança para me conter. Quase que eu fui expulsa da escola. Sorte que era uma das melhores alunas. E eles me deram uma segunda chance.

– Então você não consegue controlar a sua raiva quando provocada?

– Não. Eu tento, mas não consigo. Fui chamada na diretoria e disseram que, se houvesse outro episódio de descontrole, eu seria expulsa.

– E quanto ao moleque que a ofendeu?

– Tomou uma suspensão e nunca mais mexeu comigo.

– Então as pessoas não se aproximam de você por medo.

– Acho que sim. Sabe o que é ficar sozinha na hora do recreio, comendo seu lanche, como uma condenada? Todo mundo em rodinhas, conversando, rindo, e eu lá sozinha, a raiva crescendo dentro de mim, quase a ponto de explodir.

– E como você se segura?

– Eu penso na minha mãe, coitada, naquelas quatro horas dentro de ônibus, voltando arriada para casa, se jogando no sofá. Então, antes de o sinal bater, eu entro no banheiro e descarrego minha raiva socando as paredes, me ferindo, até passar aquele ódio avassalador. Chego até a sangrar as minhas mãos.

– E em casa, você também tem episódios de cólera?

– Claro. Se meus irmãos me irritam, eu também explodo, e minha mãe chora, coitada, e, sem saber o que fazer, aumenta o som da televisão. Às vezes, até os vizinhos batem na porta querendo saber o que está acontecendo. Um inferno, isso é a minha vida, doutor. Eu não aguento mais. Melhor seria morrer mesmo e acabar com esse suplício.

– Vou propor uma coisa a você. Borderline pode até ser genético, atinge mais mulheres do que homens e pode começar na adolescência, como é seu caso.

– Mas, o que me resta fazer?

– Calma, eu explico. Tem tratamento. O principal é a terapia. Você trabalha? Tem como pagar condução?

– Sim, agora tenho empregos temporários para ajudar minha mãe. Mas, às vezes, quando começo a emplacar no emprego, por qualquer motivo, eu largo tudo. Já tentei largar até a escola. Se não fosse pela minha mãe, eu nem me formaria.

– Bem, quero vê-la no meu ambulatório três vezes por semana. Você também será medicada para ajudá-la com seus sintomas. E você não pode faltar. Como eu disse e repito, a terapia é fundamental. Espero você a partir de amanhã, tudo bem?

*

Comecei o tratamento. Tomava os remédios receitados pelo psiquiatra. Também ia, religiosamente, às sessões de terapia com ele. Por serem feitas em ambulatório de um hospital público, eram gratuitas.

Nesse ínterim, meu pai casou.

Na quinzena em que fui visitá-lo com meus irmãos, a mulher dele já morava com as filhas na casa dele.

Fiquei surpresa. A moça era uma pessoa simpática, com duas filhas gêmeas idênticas adoráveis, da idade de meus irmãos, que ficaram encantados com elas, porque jamais haviam visto garotas gêmeas – uma se chama Ana Maria, e a outra, Ana Carolina, nomes das duas avós.

Curiosa, eu quis saber por que a nova mulher do meu pai havia se divorciado do primeiro marido.

Ele então me contou a história mais surpreendente que eu jamais tinha ouvido. Ela e o marido até que viviam bem, mas ele era muito ciumento. Queria ela o tempo todo com ele, não gostava que ela saísse sozinha. Quando ela engravidou das meninas, a coisa piorou. Ele começou a comentar com os conhecidos, até na frente dela, que as crianças tinham acabado com o casamento deles.

Ela reagiu dizendo que agora ela e as filhas eram um pacote e, se ele não estivesse satisfeito, paciência.

Logo em seguida, ela descobriu que ele já estava em outro relacionamento. Foi o fim do casamento.

Fiquei surpresa com o que ele me contou.

Meu pai sempre foi carinhoso com os filhos. Só quando perdeu o emprego e começou a beber é que começaram as brigas e a violência. Mas nada que se referisse à rejeição.

*

Algum tempo depois, numa das sessões de terapia, comentei com o psiquiatra que me atendia o que a minha madrasta me contara.

Ele não ficou surpreso. Confirmou que isso era muito comum – homens narcisistas, inseguros, sentiam-se agredidos e abandonados quando as esposas tinham filhos. Não suportavam a dedicação das mães aos seus bebês, porque necessitavam de atenção permanente, o que suas mulheres agora não lhes podiam dar por causa dos cuidados com os filhos. Então o relacionamento ia por água abaixo e geralmente acabava em separação.

Coisa de louco. Como um pai pode ter ciúmes dos filhos que ele próprio gerou? Nem meu pai, com todos os defeitos dele, jamais teve esse tipo de comportamento. Sempre gostou muito de crianças, tanto que se casou com uma mulher com duas filhas gêmeas que são uma graça. Meus irmãos, que têm mais ou menos a idade das garotas, estão apaixonados por elas; e eu, confesso, também.

– Que bom ouvir isso. Seu tratamento está começando a dar certo. Você está bem melhor. Tem tido algum surto de raiva?

– Dificilmente, doutor. Estou firme no meu emprego. Arrumei um novo namorado a quem evito me agarrar demais, apesar de estar apaixonada; aliás, ele nem sabe o que os outros passaram por causa dos meus ciúmes doentios.

– E nem precisa saber. Nada de sentimento de culpa.

*

Foi o tempo mais feliz da minha vida.

Eu tomava a condução e descia na porta do ambulatório. O doutor já me esperava e me atendia na hora marcada.

Ele comentava que foi um golpe de sorte ter me conhecido justamente quando começava a elaborar sua tese sobre o Transtorno de Personalidade Borderline. Mesmo tendo estudado o assunto exaustivamente, era perfeito que eu lhe desse todo o mecanismo das minhas crises.

Para mim, então, foi mais que sorte ter conhecido o doutor. Não sei o que teria me acontecido sem o tratamento que eu seguia. Talvez até, como ele comentou, com as minhas tentativas de suicídio, eu acabasse morta.

Os meses passaram tão rápido que nem percebi.

Foi então que ele disse que a tese dele estava pronta e ia apresentá-la para uma banca da faculdade. E me convidou para assistir.

Fiquei orgulhosa com o convite e, no dia marcado, lá estava eu presenciando o que ele escrevera. Eu me via representada em cada trecho da tese, chegava a me assustar com o que ouvia.

Foram várias horas de apresentação.

Eu cheguei a chorar de emoção. Esse médico era como uma fada-madrinha que aparecera na minha vida.

A tese foi aprovada com louvor pela banca de professores. E o psiquiatra se transformou em doutor.

Eu continuei com as minhas consultas até que...

O doutor disse que depois de ter realizado o primeiro sonho, agora ele queria tentar, no exterior, o pós-doutorado.

Não entendi o que ele estava dizendo – meu coração disparou e eu fiz a pergunta fatal:

– Isso significa que você vai embora do país?

– Assim que eu receber uma resposta positiva de alguma universidade estrangeira que me aceite.

Dei um pulo na cadeira e comecei a soluçar:

– Então, é isso, você também vai me abandonar? Depois de tanto tempo, agora que eu estou me sentindo bem? O que eu vou fazer sem você?

– Calma, querida. Não é pra já que eu vou viajar. Depende de ser aceito em uma boa universidade no exterior. E, claro, depois que eu viajar, vou indicar um bom psiquiatra, aqui mesmo do ambulatório, para você continuar o tratamento, tanto com medicamentos, quanto com terapia, que é fundamental.

Mas eu não me conformava:

– É sempre assim, todos alguma hora me abandonam. Que decepção. Você não tinha o direito de fazer isso comigo. Eu confiei em você.

– Eu tenho uma vida, independentemente dos meus pacientes. E não sou o único psiquiatra do mundo.

– Mas você é! Você é "meu" psiquiatra e eu não quero nenhum outro.

– Você não quer regredir no seu tratamento, quer?

– Claro que não. Mas, se eu regredir, você será o culpado.

A partir desse dia, ainda que a viagem do meu psiquiatra estivesse no futuro, dependendo de ele ser aceito ou não na universidade que ele queria, a minha vida virou do avesso.

Por Deus, eu não queria voltar a ser o que era antes, nunca mais.

Eu tinha um emprego sólido, um namoro tranquilo, aceitara minha madrasta e suas filhas, um bom relacionamento com meu pai. Por que isso agora, para desfazer tudo o que eu tinha construído na minha vida?

O doutor não tinha direito de, depois de me reconstruir das minhas ruínas emocionais, me destruir, como um castelo de areia que uma onda desmancha. Tinha certeza de que nunca iria perdoá-lo! Até roguei praga para que nenhuma universidade estrangeira o aceitasse. Depois de todo o bem que ele me fizera, eu ainda lhe desejava o mal.

*

Na minha formatura do Ensino Médio, a família se reuniu na maior alegria.

Eu já prestara o exame do Enem e conseguira uma vaga na faculdade de Psicologia de uma universidade federal.

Era tudo o que eu desejava. Estudar para entender a minha doença.

Mas mesmo antes de começar a faculdade, resolvi pesquisar mais a minha doença em bibliotecas e também pela internet.

Como meu psiquiatra explicara, o Transtorno de Personalidade Borderline pode ser genético e é mais comum em mulheres. Começa na adolescência, como no meu caso, e regride na idade madura – isso se as mulheres viverem até lá, porque 90% tentam o suicídio e 10% se matam.

Também fiquei sabendo, por ler em jornais ou ouvir contar, de vários casos de mulheres com esse transtorno que tiveram um fim trágico, por não terem acesso ao tratamento. Aliás, nos últimos anos, o suicídio no mundo todo diminuíra, enquanto, no Brasil, aumentara entre jovens de 10 a 19 anos.

Meu psiquiatra acabou sendo aceito por uma universidade americana e teve poucos dias para preparar a viagem.

O outro psiquiatra, que ele apresentou para continuar a me tratar, era acolhedor e trabalhava no mesmo tipo de terapia que a dele.

Aliás, para minha sorte, segundo eles, essa técnica para tratamento do Borderline era conhecida e usada por poucos especialistas no país.

Eu estava em boas mãos.

Ambos os psiquiatras acharam uma boa ideia eu cursar a Faculdade de Psicologia. Era uma forma de eu entender não apenas o meu caso como os demais.

Meu namoro ia muito bem.

Dessa vez, quem pulou fora fui eu.

Casar, nem pensar. Eu queria primeiro cursar a faculdade, fazer depois uma pós – casada, provavelmente, eu teria filhos como muitas garotas da minha escola que, antes de se formarem, engravidavam e paravam os estudos.

Ser casada e mãe tão cedo não estava nos meus planos.

Minha mãe me apoiou na decisão. Ela casara muito jovem e logo tivera os filhos. Mal terminara o primeiro grau.

Minha madrasta trabalhava em um banco. Aliás, foi onde ela e meu pai se conheceram, quando ele, após parar de beber e conseguir um bom emprego, foi abrir uma conta. Foi assim que – de conversa em conversa – a amizade transformou-se em amor.

Na faculdade, conheci um colega muito bonito por quem me apaixonei. Mas, dessa vez, foi diferente. Não o considerava minha propriedade, nem o atormentava com ciúmes excessivos.

Além de apaixonada, também desenvolvi uma grande amizade com ele: fazíamos juntos os trabalhos da faculdade. E, como meu pai trabalhava, ele conseguia pagar pensão para nós – para mim até completar a faculdade –, meus irmãos iam e voltavam da escola de perua, o que me permitia tempo livre para a faculdade, a terapia e algum trabalho de poucas horas.

Eu estava muito satisfeita também com meu tratamento. Eu ia, religiosamente, à terapia e tomava os medicamentos.

Estou vivendo agora a melhor fase da minha vida. Sou grata por ter cruzado com um psiquiatra que soube enxergar além da minha raiva e soube entender minhas tentativas de suicídio. Ele me ajudou muito, até mesmo depois de se mudar, deixando-me aos cuidados de outro profissional tão competente como ele.

Como disse o poeta, como só eles sabem dizer:

Ainda não estamos habituados com o mundo.
Nascer é muito comprido.

Eu sou a prova viva disso. Eu renasci do meu próprio ninho, onde era uma estranha. E continuo a renascer pela vida afora, como eterna

crisálida que se transforma em borboleta – porque eu não sou uma Cinderela com madrasta e filhas más.

Eu sou uma sobrevivente.

Todas as manhãs, eu abro a janela do meu quarto e olho o céu onde brilha o sol.

Eu tenho, agora, um sol dentro de mim.

Porque eu quero viver!

Arquivo pessoal

GISELDA LAPORTA NICOLELIS

Sou graduada em Jornalismo pela Cásper Líbero, mas isso foi há 60 anos. Hoje, tenho mais de 100 livros publicados, a maioria para crianças e adolescentes.

Recebi vários prêmios literários, como o Prêmio João de Barro da Prefeitura de Belo Horizonte (1980) e o Prêmio Governador do Estado de São Paulo (1984), ambos na categoria Literatura Infantil, o Melhor Livro Juvenil do Ano, da Associação de Críticos de Arte do Estado de São Paulo (1981), e o Prêmio Jabuti de Literatura Juvenil por um livro que publiquei com Ganymédes José (1985).

Há sempre um sol foi resultado de ampla pesquisa e trata de um tema que eu considero essencial: a prevenção do aumento crescente de suicídios entre adolescentes brasileiros, de ambos os sexos, por motivos variados, como *bullying*, depressão sem tratamento etc.

Arquivo pessoal

ESTELÍ MEZA

Nasci e vivo no México. Estudei Desenho e Comunicação Visual, e depois me especializei em Artes Visuais. Atualmente, trabalho em diferentes editoras ilustrando revistas de cultura e livros para crianças e jovens. Entre os prêmios que recebi está o XVIII Prêmio Internacional de Livro Ilustrado para Crianças e Jovens da FILIJ, em 2013, pelo livro *Angustia*, de minha autoria. Em 2012, recebi uma menção honrosa no Catálogo de Ilustradores de Publicações para Crianças e Jovens (México).

A história desses dois jovens contada aqui me inspirou profundamente. Meu objetivo foi equilibrar a imagem com o texto; assim, escolhi cores quentes para aperfeiçoar a composição. Graficamente, o fio condutor são as plantas e vegetações; usei lápis de cor e, posteriormente, trabalhei as ilustrações no Photoshop. Esse foi um trabalho muito lindo e inspirador.

Este livro foi composto com a família
tipográfica Zilla Slab e Quisas Standard
para a Editora do Brasil em 2020.